ANTONIO WATRIPON

LES TROIS AGES DU PAYS LATIN

Précédés d'une Notice

PAR

ALFRED DEBERLE

Maître François Villon. — Mon vieux quartier. — Le nouveau quartier. — Mon petit Louvre. — La rive gauche. — Pauvre Gille. — La Muse sans cœur.

(ÉDITION AVEC MUSIQUE ET PORTRAIT DE L'AUTEUR)

Prix : 50 centimes

PARIS

SOUS LES GALERIES DE L'ODÉON — RUE DAUPHINE,

Au Palais Royal et dans les Passages

OUVRAGES DU MÊME AUTEUR

POUR PARAITRE INCESSAMMENT :

LA MUSE FOLLE

Refrains d'Amour et de Bohème.

PAMPHLÉTAIRES RELIGIEUX

GARASSE, NONOTTE

ET

PATOUILLET

Suivis de Documents nouveaux

SUR

LA MORT DE VOLTAIRE

Imprimé par Charles Noblet, rue Soufflot, 18.

J'étais dru comme un moineau franc,
Dont j'eus la tête et l'encolure;
Toujours agir de but en blanc
Est le défaut de ma nature.

ANTONIO WATRIPON

ÉCHOS
DE
JEUNESSE

LES TROIS AGES DU PAYS LATIN

Le dernier des Escholiers, par A. Deberle. — Maître François Villon. — Mon vieux quartier. — Le nouveau quartier. — Mon petit Louvre. — La rive gauche. — Pauvre Gille. — La Muse sans cœur.

(ÉDITION AVEC MUSIQUE ET PORTRAIT DE L'AUTEUR

Prix : 50 centimes

PARIS

SOUS LES GALERIES DE L'ODÉON — RUE DAUPHINE, 49

Au Palais-Royal et dans les Passages

LE DERNIER DES ESCHOLIERS

Je voudrais, à propos de ces quelques chansons, indiquer dans la littérature de ce temps-ci le passage d'un écrivain de belle humeur, qu'on a eu raison d'appeler *le dernier des Escholiers.*

Les rimeurs par état, les mâche-lauriers blafards et les employés aux pompes funèbres de la poésie, feront peu de cas, j'imagine, de ces refrains de jeunesse éclos en plein soleil de Bohême et à l'ombre du Pays latin. Depuis le jour mémorable où le grand Lama de l'élégie proscrivit le rire et excommunia Rabelais, il a été reconnu, par les gens vertueux et bien pensants, que Marot, Regnier, La Fontaine et Molière, — voire Voltaire et Beaumarchais, — furent des farceurs de peu de conséquence. En effet, que n'ont-ils cultivé en grand le genre lacrymatoire et arraché des torrents de larmes aux yeux de leurs contemporains! Vive Dieu! les Béotiens de l'an de grâce 1863 les auraient en sérieuse estime, et les auteurs qui se piquent d'être *distingués*, les mêmes qui nouent solennellement un crêpe académique à leur style en queue de morue, et habillent de noir leurs idées à perruques, leur garderaient, à l'heure qu'il est, une profonde vénération. Pareillement, on a vu quelques cryptogames en Sorbonne compter un à un, à grand renfort de besicles, les trous qui décoraient le haut-de-chausses pittoresque de l'escholier Villon ; on en a vu, — je dis des plus huppés, — regretter, en lieux communs prudhommesques et à la face des jeunes Gaulois de la rive gauche, que le pauvre clerc, incessamment travaillé de la maladie intitulée *manque d'argent*, au lieu de loger le diable dans sa bourse, — si toutefois il en avait une, — n'ait pas eu pignon sur rue, maintien décent et pourpoint de velours neuf, — faute de quoi il ne sera jamais à la hauteur de M. Belmontet, député fameux et poète à l'avenant.

Cela dit, laissons se morfondre à l'écart de nous certains philosophes de haute futaie, et souffler dans leurs doigts gourds les pleureurs d'alexandrins chlorotiques. Mais si, d'aventure, aux environs du Collége de France, non loin de cette montagne Sainte-Geneviève, au haut de laquelle l'ami Panurge plantait son épée, « et si elle bransloit, devinoit que le guet venait d'en bas... » si, dis-je, il se rencontre encore, à l'heure présente, de bons, sains et plantureux esprits en qui bourgeonne la jeunesse, fleurisse l'amour et s'épanouisse la gaieté, c'est à ces bons, sains et plantureux esprits, qu'en haine de la poésie monochrome, écœurante et somnifère, je donne conseil de lire ceci. Ils s'arrêteront, ne fût-ce qu'un instant, pour faire accueil au vétéran du Pays latin, à l'arrière-petit-fils de maître François, au dernier des Escholiers. — Oui, le dernier de ces *povres* clercs, nouveaulx advocats à pourpoincts sans manches qui connurent autrefois aux bons lieux où sont filles belles et gentes l'Heaulmière aux petites joinctes oreilles, Macette l'infidèle, Ribaudine la blanchette, Guillemète, Catherine et Jeanneton; — le dernier de ceux qui couraient sans nul souci du lendemain aux repues franches du Pont à Billon, et s'en revenaient dodelinant de la tête, battant la muraille, pinçant le menton aux filles, terrifiant le bourgeois débonnaire et rossant le guet en manière de passe-temps; — enfin le dernier de ceux qui, au temps de Pantagruel, cauponisoient es tabernes meritoires de la Pomme de Pin, du Castel, de la Magdelaine et de la Mulle, belles spatules vervecines, perforaminées de petrosil, en attendant d'être brûlés vifs comme hérétiques.

Ce « fier rejeton d'une tige brisée, » ce vivant parachronisme, cet escholier d'autrefois attardé parmi les étudiants d'aujourd'hui, Antonio Watripon, est né à Beauvais (Oise), — notez ceci : — le mardi-gras de 1822. En ce temps fortuné, on se passionnait pour la politique; les chansons de Béranger électrisaient Paris et la province. Le père Watripon, capitaine de la grande Armée, vieux brigand de la Loire, et le docteur Colson, Picard haut en verve, rabelaisien de bonne souche, attendaient la venue de l'enfant tout en dégustant, en fins connaisseurs, les derniers couplets parus du chansonnier populaire. Lisette fut le premier nom qui frappa l'ouïe du nouveau-né, et les premiers mots qu'il bégaya un peu plus tard furent ceux-ci :

« Dans un grenier qu'on est bien à vingt ans. »

Etonnez-vous donc qu'il ait aimé par-dessus tout Lisette et les chansons. Certes il aurait pu, comme tant d'autres, arborer la cravate blanche du notariat, dresser sa plume alerte aux élucubrations productives. Hélas ! il avait tant d'amour au cœur et si peu de raison en tête ! Donc, il se mit à faire l'école buissonnière, jetant sa prose aux journaux et ses vers aux fillettes, se complaisant à écrire l'histoire de son quartier d'adoption (1), chantant par grâce spéciale

(1) *Histoire des Étudiants d'autrefois*, 1 vol.; *les petits-fils de Rabelais*, en trois actes, en collaboration avec M. Paul de Lascaux; *François Villon*, 1 vol.; *les Lolottes*, 1 vol., etc.

les joies et les misères du Pays latin, sifflant à la Sorbonne, applaudissant au Collége de France, philosophant, politiquant, montant des cabales, — je parle de 1848, — il rédigeait la *Lanterne du quartier latin*, — prodiguant, avec l'imprévoyance, le feu et l'enthousiasme des vingt ans qu'il aura toujours, sa santé, son talent, — son admiration ou son inimitié; grand faiseur de succès, prompt aux manifestations, heureux de secouer l'arbre, mais se moquant d'en recueillir les fruits et s'attardant volontiers à faire des ronds dans la rivière. Enfant perdu des lettres, je ne saurais mieux le comparer qu'à ces soldats détachés qui commencent l'attaque au jour du combat et rentrent dans les rangs, blessés, meurtris, oubliés après la victoire. Au milieu de cela, Watripon demeura jeune et joyeux quand les autres devenaient vieux et moroses; toujours fidèle à la rue Saint-Jacques quand les autres émigraient vers la Chaussée-d'Antin, conservant naïvement ses mœurs d'un autre âge. C'est qu'aussi on n'a peut-être jamais vu une nature plus gaie, plus rieuse, plus folle et plus goguenarde, plus étourdie, plus insouciante et plus spirituelle que cet Antonio Watripon. Qu'on se figure un bachelier frais émoulu, doublé d'un Pierre Faifeu, natif de Picardie! Près de lui, Démocrite aurait semblé un actionnaire des Petites-Voitures. Comme son trisaïeul Villon, il aurait fait des farces au roi d'Angleterre et joué de malins tours aux bons moines de Saint-Maxent ; comme Théocrite de Chio, il aurait plaisanté le borgne Antigonus, dût-il lui en coûter la tête ; — il aurait dansé, je crois, en sortant de l'antre de Trophonius.

Un jour pourtant, de cela il n'y a pas longtemps, humilié, blessé, exaspéré, de voir ses vieux souvenirs expropriés et disparaître un à un par ordonnance de police dans la poussière des démolitions, il faillit devenir misanthrope. — Des blocs de craie à compartiments s'entassaient sur la place Saint-Michel sous le nom de maisons neuves, — c'en était trop ! il s'enfuit les mains sur les yeux, au hasard. Écoutons sa plainte : « Le nouveau Paris n'est pas toujours hospitalier pour ceux qui ont aimé le vieux, j'allais dire le *vrai* Paris ; oui, le *vrai*, puisqu'il avait été bâti par nos aînés, les escholiers du temps de Louis le Jeune. Donc les démolitions m'avaient chassé de la rue d'Enfer vers les hauteurs de Montmartre ; j'emportai mon léger bagage, laissant derrière moi quinze ans d'insouciance, de souvenirs et de jeunesse. J'allais donc devenir l'homme sérieux qu'avaient rêvé de leur vivant mes braves et chers parents... » (*Souvenirs du quartier Latin. — Les Lolottes*, par A. Watripon, 1861.)

Huit jours durant, notre transfuge essaya de se transformer en bourgeois sérieusement épris de la nature. A cet effet feu l'escholier Watripon eut des dahlias à lui qu'il oublia d'arroser, et, poussant plus loin sa résolution, il fit emplette de trois parapluies !! Cet acte de suprême rébellion envers ses principes les plus fougueux lui suggéra des idées singulières, comme d'écrire une tragédie par exemple. Mais cela était au-dessus de ses forces, il fit onze vers et demi et tomba malade. La nostalgie du Pays latin le terrassait : loin des marronniers du Luxembourg il ne pouvait durer longtemps. Un jour donc, que de la butte Montmartre par un beau soleil couchant il regardait Paris d'un œil mélancolique, il vit là-bas, là-bas à travers les nuages d'or, le dôme de *son* Panthéon étincelant comme une épopée... « Je descendis donc les sèches collines de Montmartre pour gravir la colline sacrée où règne encore un fragment de l'enceinte de Philippe-Auguste... Mais, hélas !... à travers des murs pantelants et des rues éventrées, je heurtais de jeunes hommes qui m'étaient étrangers ; je ne retrouvais plus moi-même les lieux où j'avais aimé et vécu. » — O comble d'ironie! il ne reconnut qu'un homme, un seul, un brave professeur en Sorbonne qu'il avait jadis sifflé de son mieux et qu'il aurait volontiers embrassé à cette heure, tant il se sentait heureux de se revoir en présence de ce Gaulois du vieux Paris. Il ne retourna plus à Montmartre.

Depuis lors, il a compris que son rôle était fini, car

« Les escholiers ne sont plus guère. »

Il s'est tenu à l'écart de tout, — même des journaux auxquels il avait collaboré jusque-là assidûment : le *Journal Amusant*, le *Figaro*, etc. Aujourd'hui, malade mais non triste, il rassemble ses souvenirs et ses chansons, toute cette prose et tous ces vers éclos au jour le jour, qu'il a répandus un peu partout sans grand souci de l'avenir. Dans quelques semaines il fera paraître la **Muse Folle**, *refrains d'amour et de bohême;* en attendant, ouvrez ce petit livre, lisez ces couplets faciles et gardez-les, ô escholiers d'aujourd'hui, comme la carte de visite de l'insouciant poète qui partagea les joies de vos devanciers, qui vous précéda au pays de l'éternelle jeunesse, qui aima ce que vous aimez et chanta comme vous chantez encore. Plus tard, quand le Turf et la Bourse prendront une partie de votre vie, il y aura des minutes où sous vos doigts tremblants s'ouvrira quelque tiroir secret; alors, si parmi des fleurs fanées et des billets jaunis vous retrouvez ces chansons de vos vingt ans, vous donnerez un regret aux fleurs fanées, une larme aux billets jaunis et un sourire au *dernier des Escholiers.*

Alfred Deberle.

Septembre 1863.

MUSIQUE

DE

MAITRE FRANÇOIS VILLON

Composée par V. BRIDET.

Allegro moderato.
Mes amis, un sin - gu - lier tour M'est ad-ve-nu la
nuit der-niè - re : Ayant bu d'un vin de bar-riè - re,
F rit.
J'eus l'esprit clair com - me le jour ; Le pas-sé s'ou-
F
P

- vrit comme un li - vre, Et j'y vis bril-ler nos aî-nés ;
A - vec eux j'au-rais voulu vi - vre Tant nous sommes dé-
rit.
- gé - né-rés !
Maître François, où donc es-tu ?
rit.

Procédés TANTENSTEIN.

(Voir aux pages suivantes pour les autres couplets.)

ÉCHOS DE JEUNESSE

LES TROIS AGES DU PAYS LATIN

—

MAITRE FRANÇOIS VILLON

(1440)

Mes amis, un singulier tour
M'est advenu la nuit dernière :
Ayant bu d'un vin de barrière,
J'eus l'esprit clair comme le jour ;
Le passé s'ouvrit comme un livre,
Et j'y vis briller nos aînés,
Avec eux j'aurais voulu vivre,
Tant nous sommes dégénérés !

Maître François, où donc es-tu ?
Les escholiers ne sont plus guère ;

2.

Maître François, où donc es-tu ?
Las ! les escholiers ne sont plus.

A leur tête maître Villon,
Fièrement campé sur la hanche,
Se drapait d'un pourpoint sans manche
Et commandait léur bataillon.
Autour de lui de gentes dames,
Belles comme le temps jadis,
A ses pieds déposaient leurs âmes ;
Je crois en avoir compté dix.

Maître François, où donc es-tu?
Les escholiers n'aiment plus guère;
Maître François, où donc es-tu?
Non, les escholiers n'aiment plus.

Ainsi que des fleurs sur ses pas,
Catherine l'éperonnière
Et la gente Saulcissière
Prodiguaient en vain leurs appas,
Puis, Ribaudine la blanchette,
Qui tant aima ce grand luron,
Mais à l'infidèle Macette
Il avait donné son fleuron.

Maître François, où donc es-tu?
Les escholiers ne peuvent guère;

Maître François, où donc es-tu ?
Les escholiers ne peuvent plus.

Au *Trou de la Pomme de Pin*
Nos gars s'en vont faire ripaille,
Buvant, mangeant, sans sou ni maille,
Riches d'esprit, pauvres de pain.
Dans leurs bourses le diable danse,
Dans leurs verres du bon vin blanc,
Le hasard est la providence
Des malades faute d'argent.

Maître François, où donc es-tu ?
Les escholiers ne boivent guère ;
Maître François, où donc es-tu ?
Les escholiers ne boivent plus.

D'une chanson faisiez présent,
Si vous aviez le cœur en liesse ;
Etre gai, c'est faire largesse,
De l'écot vous étiez exempt.
C'est bien dîner quand on échappe,
Sans débourser un seul denier,
En torchant son nez à la nappe
Pour tout bonsoir au tavernier.

Maître François, où donc es-tu ?
Les escholiers ne chantent guère ;

Maître François où donc es-tu ?
Les escholiers ne chantent plus.

Saint Jésus! quel maudit lutin
Vient troubler mon âme endormie?...
C'est le baiser de mon amie
Qui me sert de réveil-matin.
Tant vaut l'amour, tant vaut le songe,
Beauté, printemps, baisers, serments,
Villon le dit, — point n'est mensonge ;
« Autant en emporte l'y vens ! »

Maître François, où donc es-tu ?
Les escholiers ne sont plus guère;
Maître François, où donc es-tu?
Las! les escholiers ne sont plus !

MON VIEUX QUARTIER LATIN

(1840)

Air : *T'en souviens-tu?*

Me faudra-t-il, enfin, plier bagage,
Et dire, hélas! mes adieux à Paris...
Que faire ici? j'ai les mœurs d'un autre âge;
Du vieux quartier je suis le seul débris.
Fier rejeton d'une tige brisée,
La ranimer!... je l'essaîrais en vain :
Des Badouillards (1) la race est épuisée;
Non, il n'est plus, mon vieux quartier latin.

Ils ont quitté ces greniers séculaires
Par nos aïeux et par nous habités,
Réduits obscurs où les noms de leurs pères
Sur les vieux murs sont encore incrustés.
Eux, ces lions!... loger dans des baraques!
Il leur fallait le faubourg Saint-Germain!
Ils m'ont laissé seul au faubourg Saint-Jacques
A regretter mon vieux quartier latin.

(1) Société du quartier, à laquelle succéda celle des *Rocca*, en 1843 et 1844.

Type charmant, grisette sémillante,
Au frais minois sous un pimpant bonnet,
Où donc es-tu, gentille étudiante,
Reine sans fard de nos bals sans apprêt ?...
Du feu du punch infidèle vestale,
Tu t'envolas vers la cité d'Antin...
Ah ! qu'un fichu t'allait bien mieux qu'un châle,
Quand tu régnais au vieux quartier latin.

O ma Sophie ! au fond de ta province,
En tricotant le soir, loin du Prado,
N'entends-tu pas comme un démon qui grince
A ton oreille un air de Pilodo ?...
Au souvenir des beaux jours, pauvre fille,
L'aiguille échappe à ta tremblante main :
Ton cœur s'émeut ! Va, reprends ton aiguille,
Car il n'est plus de vieux quartier latin.

Il est tombé notre dernier refuge,
De Massenot le vieil estaminet !
Le rems antique et l'effet rétrofuge
Sont délaissés pour un sot lansquenet ;
L'étudiant, ferré sur l'étiquette,
A l'Opéra se pose en muscadin ;
L'étudiante est aujourd'hui lorette...
Non, tu n'es plus, mon vieux quartier latin.

Il me souvient qu'une troupe serrée,
Lorsqu'au pays l'un de nous retournait,

L'accompagnait, et sa veuve éplorée
Marchait en tête et jusqu'au soir pleurait ;
Puis, chez Moreaux, en lui choquant son verre,
Au vieil ami chacun pressait la main...
Et moi, je prends ma prune en solitaire
Pour oublier ce vieux quartier latin.

Mais je ne puis chasser de ma mémoire
Ces souvenirs de nos printemps fleuris :
Les yeux mouillés, j'en redirai l'histoire,
Le vétéran instruira les conscrits.
Moi qui craignais de devenir notaire,
En ton honneur, j'accepte ce destin ;
De tes hauts faits j'ai dressé l'inventaire (1),
Tu revivras, mon vieux quartier latin.

(1) *Les Étudiants d'autrefois. — Histoire des Écoles et des Étudiants.*

LE NOUVEAU QUARTIER LATIN

(1860)

Air du rondeau de LA CORDE SENSIBLE.

Le vieux quartier, comme un Epiménide,
Semblait dormir depuis près de mille ans,
Quand tout à coup la baguette d'Armide
Le rajeunit pour qu'il soit de son temps.

Notre Sorbonne, ainsi qu'une coquette,
Se met au front de la poudre de riz;
Du haut en bas on lui fait la toilette
Pour qu'elle soit la Ninon de Paris.

De Saint-Benoît l'ancien cloître gothique
A vu tomber ses hôtels peu garnis;
On aime à voir l'élégante boutique
Au lieu des rats qui peuplaient ses vieux nids.

Des gargotiers, dans ses repaires sombres,
Nous fabriquaient des *rata* clandestins,
On les a vus s'enfuir comme des ombres
En emportant leurs fricots assassins.

De Flicoteaux j'honore la mémoire ;
Il cuisinait au mieux, selon les goûts ;
Chacun prétend qu'il avait l'âme noire,
Moins noire encor que n'étaient ses ragoûts.

Ci-gît Rousseau, Rousseau dit l'*Aquatique*,
Qui trop longtemps tint beefteaks et pensions ;
Or, à présent qu'il a fermé boutique,
Que n'écrit-il aussi ses *Confessions* ?

Sur ces débris, parfois, mainte grisette,
En passant, jette un coup d'œil interdit ;
Elle promet la récompense honnête
A qui rendra tout ce qu'elle y perdit.

Pendant la nuit, on dit qu'au clair de lune
On voit errer des fantômes charmants ;
Là plus d'un blond vient retrouver sa brune
Au rendez-vous des fidèles amants.

Il s'est passé plus d'une grande histoire
Sous tous ces toits que nous voyons crouler,
Romans d'amour, ou bien rêves de gloire,
Ah ! si ces murs au moins pouvaient parler !

On a trouvé sur leurs pages de pierre
Des mots bien doux, des noms entrelacés,

Chiffres d'amour perdus dans la poussière,
Jusqu'à la fin ils se sont embrassés !

Dans ce réduit, grisette ou grande dame,
Près d'un poète on vous vit accourir ;
Dans un baiser vous réchauffiez son âme,
Et ce baiser fut pour lui l'avenir !

Je te chéris, terre de la Bohême,
Pays Latin, terre de la gaîté,
Où tout vous dit ces mots : « Ici l'on aime !...
« On aime, on rit avec sincérité. »

Réjouis-toi, mon vieux quartier Saint-Jacques,
Rends un asile aux fils de Rabelais,
Tu n'eus jamais pour eux que des baraques,
Rends-leur demain des hôtels, des palais.

Plus dégagé, le collége de France
A l'avant-garde ouvre tous ses abords ;
De la jeunesse il reste l'espérance,
De la science il répand les trésors.

Pays Latin, cher pays de Cocagne,
Qui réunis le Prado, l'Odéon,
Tu dois avoir la place Charlemagne,
Lorsque ton front porte le Panthéon.

LA RIVE GAUCHE (1)

Air : *Du grand Turenne.*

Moi, mes amis, je veux rester grisette,
Je veux rester dans le quartier Latin ;
Cela vaut mieux que de finir lorette
En désertant vers le quartier d'Antin...
L'indienne ici vaut mieux que le satin.
Le vrai plaisir redoute la débauche;
L'éclat toujours porte ombrage au bonheur...
Voilà pourquoi j'aime la rive gauche...
Le côté gauche est le côté du cœur.

(1) Ce couplet, ainsi que *Maître François* et le rondeau du *Nouveau quartier Latin* ont été chantés dans les *Petits-Fils de Rabelais*, vaudeville en trois actes de MM. Paul de Lascaux et Antonio Watripon.

MON PETIT LOUVRE

Par la sambleu! voici mon Louvre
Plein de poètes sans pareils!
Sur l'infini sa porte s'ouvre
Sans craindre l'effet des soleils.
Au milieu d'eux on se sent vivre,
Ces nobles et charmants aïeux!
Leur joyeuse humeur vous enivre
Comme ferait de bon vin vieux.

Ils se croyaient tous sans famille
Et narguaient la postérité,
Quand leur front portait l'estampille
De l'immortalité.

Mon cher cousin de Picardie,
Salut à toi, Villon premier,
Dont la muse crâne et hardie
Nous fraya le nouveau sentier!
Sur des collines éternelles
Je vois à chaque nouvel an
En fulgurantes étincelles
Scintiller tes neiges d'antan.
Ils se croyaient tous sans famille, etc.

Çà ! qu'on nous dise tes ballades,
Gai boute-en-train de réveillon !
Nous avons des rimeurs si fades
Qu'ils vous font mourir de bon ton.
Faut-il rester jeune quand même,
Sans profiter de tes leçons,
Et jusqu'à la fin, en Bohême,
S'en aller battre les buissons?...
  Ils se croyaient tous sans famille, etc.

Bercé par la douce paresse,
Alain Chartier, rêvant d'amour,
Reçoit un baiser de princesse
Au grand scandale de la cour.
« Il tombe d'assez belles choses
De la bouche de ce rimeur,
— Dit la dame, — pour que des roses
Lui soient offertes en primeur. »
  Ils se croyaient tous sans famille, etc.

Voici venir la muse folle,
La muse de nos plus beaux jours,
Jeune et pimpante elle s'envole
A travers prés et carrefours.
Mathurin Regnier, qui l'agace,
A son sort voudrait la river ;
Tout en lui faisant la grimace,
Elle se laisse captiver.
  Ils se croyaient tous sans famille, etc.

Fils de la Gaule et de la Grèce,
Moreau voit répéter ses chants
Par tout un monde plein d'ivresse
De femmes et de jeunes gens.
La rose que de Palestine
Thibaut rapporta de ses mains
A légué sa vertu divine
Au myosotis de Provins.
Ils se croyaient tous sans famille, etc.

Un double éclair sur ce visage
Vient transfigurer chaque trait ;
A ce ciel bleu rempli d'orage
Qui n'a reconnu de Musset?...
De sa lèvre le fin sourire
Rend ses pleurs encor plus charmants;
Rires et larmes sur sa lyre
Sont retombés en diamants.

Ils se croyaient tous sans famille
Et narguaient la postérité,
Quand leur front portait l'estampille
De l'immortalité.

PAUVRE GILLE

Au bord de la fosse d'Escousse,
Amis, n'approchons pas trop près;
On cède à la moindre secousse,
On tombe... il n'est plus temps après.
Pour peu que la douleur nous lasse,
— Pauvre Gille, ce fut ton sort!
A ce monde on fait la grimace,
Préférant celle de la mort.

Gardons-nous du vertige,
Ce démon du néant,
Feu follet qui voltige
Sur un gouffre béant!

Un jour le vin paraît moins rose,
Celle qu'on aime a moins de cœur,
Tout pour nous se métamorphose
Comme au bruit d'un sifflet moqueur.
Alors la comédie humaine
N'est plus qu'un gros drame à poison,
Et le spectateur qu'il surmène
Sent déménager sa raison.

Gardons-nous du vertige, etc.

Un jour le cœur n'a plus de force
Pour échapper au désespoir;
La séve n'est plus sous l'écorce,
Et le fond de l'âme est tout noir.
Alors si quelque ange sublime,
Envoyé de Dieu, ne vient pas
Sourire à temps sur cet abîme,
On glisse... et l'on saute le pas!...
Gardons-nous du vertige, etc.

Il n'est qu'un Corneille, un Molière,
Pour bien rire de ses douleurs;
De leurs chagrins faisant litière,
Leur génie est né de leurs pleurs...
Aimez-vous mieux ce Bélisaire
Qui bat monnaie avec les siens?...
Passant, gémis sur sa misère,
Jette un os à ses nobles chiens.
Gardons-nous du vertige, etc.

Moreau conseille de se pendre
Aux bras charmants de la beauté:
A son avis j'aime à me rendre:
Soyons heureux par charité.
Madame, gardez votre obole;
Votre sourire est plus encor;
Un sourire à propos console...
Sauvez ce cœur; gardez votre or!
Gardons-nous du vertige, etc.

Poète, crois-moi, pends ta lyre
Aux saules pleureurs du Jourdain,
Et, comme le chantre d'Elvire,
Magnétise *monsieur Jourdain*.
Pauvre Gille! pour ta mémoire
Tes chants auront assez d'écho ;
Tu n'as quêté l'or ni la gloire
Des électeurs de Jéricho !

Gardons-nous du vertige,
Ce démon du néant,
Feu-follet qui voltige
Sur un gouffre béant.

[Charles Gille, poète populaire, mort avant le temps comme Escousse et Lebras. Son *Bataillon de la Moselle*, les *Marins du Vengeur*, la *Varlope*, et une foule d'autres chansons sont dans toutes les mémoires. Gille était doué d'une puissante faculté d'assimilation ; sa manière est si accentuée, si pittoresque d'allure et de mouvement, qu'on peut l'appeler à juste titre *le Charlet de la chanson.*]

LA MUSE SANS CŒUR

(*Musique de l'Auteur*)

Loin du Parnasse et des pédants,
A l'ombre des verts chevrefeuilles,
Je la trouvai, seule et sans gants,
Cherchant le trèfle à quatre feuilles.
Les plis d'un schall rouge éclatant
Encadraient ses épaules nues;
Ainsi dans la pourpre des nues
Le soleil pâlit au couchant.

Si c'est mon délire
Qui fait ton bonheur,
Va, Muse sans cœur,
De moi tu peux rire.

Dans ses yeux, comme en un miroir,
Je vis ce que la bonté donne;
Ses yeux tendus de velours noir
Brochaient sur sa pâleur d'automne.
Poème ailé que ce moment!
Elle disait qu'aimer c'est vivre;
Il vaut bien mieux que dans un livre
Mettre dans sa vie un roman.
Si c'est mon délire, etc.

« Puisque d'une sublime erreur,
« Me dit-elle, chacun s'amuse ;
« Pour être heureux, tiens ! prends mon cœur !
« A tout poète il faut sa muse... »
Un éclat de rire argentin
Partit de sa lèvre mutine,
Un vrai rire de Colombine,
Quand elle protége Arlequin.
Si c'est mon délire, etc.

Sa bouche rose, écrin d'enfer,
Qui me brûla comme une flamme,
Murmurant je ne sais quel air,
Dans un seul baiser prit mon âme.
« Sois mon amant et mon martyr,
« Dit-elle encor, — sois mon poète ;
« Mais c'est ainsi que je suis faite,
« Plus j'aime et plus on doit souffrir. »
Si c'est mon délire, etc.

Soudain l'or brun de ses cheveux
Vint rouler sur son cou de neige ;
Je crus avoir devant les yeux
La Madeleine du Corrége.
Au profane disant adieu,
Non ! ce n'était plus Colombine
Fredonnant sa chanson mutine...
Satan avait fait place à Dieu.
Si c'est mon délire, etc.

Depuis, aux jours de mes douleurs,
Je l'ai revue à mon calvaire ;
Elle eût voulu sécher mes pleurs
Sous ses baisers comme une mère.
En vain, pour soutenir mon front,
Elle étendait ses mains divines...
Le sang coulait sous les épines
Dont la gloire aux rimeurs fait don.

Si c'est mon délire
Qui fait ton bonheur,
Va! Muse sans cœur,
De moi tu peux rire.

Imprimé par Charles Noblet, rue Soufflot, 18.

www.ingramcontent.com/pod-product-compliance
Lightning Source LLC
LaVergne TN
LVHW050502160826
845677LV00003B/898

* 9 7 8 2 3 2 9 6 4 5 5 9 9 *